South Park

DEC 21 2017

Branch

loqueleo

¡QUÉ CONFUSIÓN!
Título original: *¡Que lambança!*
D. R. © del texto: Ana Maria Machado, 2005
D. R. © de las ilustraciones: Françesc Rovira, 2005
D. R. © de la traducción: Atalaire
Primera edición: 2014

D. R. © Editorial Santillana, S. A. de C. V., 2016
    Av. Río Mixcoac 274, piso 4
    Col. Acacias, México, D. F., 03240

Segunda edición: abril de 2016
Primera reimpresión: julio de 2016

ISBN: 978-607-01-3076-2

Impreso en México

Reservados todos los derechos conforme a la ley. El contenido y los diseños íntegros de este libro se encuentran protegidos por las Leyes de Propiedad Intelectual. La adquisición de esta obra autoriza únicamente su uso de forma particular y con carácter doméstico. Queda prohibida su reproducción, transformación, distribución y/o transmisión, ya sea de forma total o parcial, a través de cualquier forma y/o cualquier medio conocido o por conocer, con fines distintos al autorizado.

www.loqueleo.santillana.com

Esta obra se terminó de imprimir en julio de 2016
en los talleres de Editorial Impresora Apolo, S.A. de C.V.
Centeno 150-6, col. Granjas Esmeralda, C.P. 09810 México, D.F.

¡Qué confusión!

Ana Maria Machado

Ilustraciones de Françesc Rovira

loqueleo

Isabel y Enrique van
a la casa de la abuela,
allí se divierten mucho
cuando salen de la escuela.

–Vamos, hermanita, vamos
a jugar con plastilina.
Y con muchos marcadores
pintan luego en la cocina.

Después de mucho pintar
después de mucho correr
bate-bate chocolate,
les dan ganas de comer.

—Voy a ver en el manzano
si una fruta madura está.
Corren Isabel y Enrique
con su chiqui chiqui chá.

En esta calle no hay bosque,

pero sí huerta y jardín.

—¿Puedo cuidar yo las plantas?

—Déjame un poquito a mí.

Plantan algunas semillas.

Empapan de agua la hierba.

¡Qué susto el de Doña Chica

al verlos sucios de tierra!

—Uy, uy, qué cara más negra,
ya no parecen mis niños.
A ver, a ver, la patita...
cuánto barro, uy, qué lío.

¿No serán los tres ositos
que salieron a pasear,
mientras la cena esperaban
y a un charco fueron a dar?

¿O serán los tres chanchitos
revolcados por el piso?
—Nada de eso, son mis nietos
con un pobre cachorrito.

Ya sé lo que voy a hacer,
ya tomé una decisión,
lo que ahora necesitan
es otro buen remojón.

—¿Qué tal un baño de espuma?

Y la abuela se acordó

de cómo la vez pasada

el pobre baño quedó.

Con la bañadera llena

—un pez, un pato, una caña...—

a Isabel se le ocurrió

lavar hasta la toalla.

Y los muñecos de Enrique

que querían surfear

se fueron, se fueron en lancha,

se fueron cruzando el mar.

—Yo no soy ninguna rana
debajo del agua cantando,
ni acaso puedo bañarlos
en la palma de mi mano.

Mejor un baño en la huerta
con la manguera y a chorro.
Y acabaron empapados
niños, abuela y cachorro.

Después les tocó a los nietos
lavarse bien con jabón.
Mientras ellos se reían
les cantaba esta canción:

—Si yo fuese un pececito,

si yo supiese nadar,

bañaría a mis dos nietos

allá en el fondo del mar.

Pero como no soy pez,
ni sé volar por el cielo,
una trenza de princesa
le hago a Isabel en el pelo.

Pantalón limpio y camisa
que le acabo de planchar,
Enrique está que parece
rey, héroe o capitán.

Cuando la madre llegó
todo había terminado.
Perfumaditos los niños
después de haberse bañado.

—Ay, ay, mamá, cuánto lío,

qué remojón te han dado.

Ojalá no te arrepientas

al haberlos invitado.

—Vengan siempre, cuando quieran.

No es ningún lío, hija mía.

¿Cómo podría vivir

sin tan linda compañía?

Ana Maria Machado

En la vida de la escritora Ana Maria Machado los números son generosos: 35 años de carrera, más de 18 millones de ejemplares vendidos. Los premios conseguidos a lo largo de su carrera son tantos que ha perdido la cuenta. Ana empezó como pintora, pero al cabo de doce años decidió dedicarse a escribir, aunque sigue pintando. Se dedicó a enseñar en colegios y facultades, escribió artículos y tradujo textos. En 1969, Ana dejó Brasil y marchó al exilio. Luchando por sobrevivir con sus hijos Rodrigo y Pedro, trabajó como periodista en París y Londres, además terminó un doctorado en Lingüística y Semiología en la Sorbona. Regresó a Brasil en 1972 y siguió ejerciendo el periodismo. Desde 1980 se dedica a lo que más le gusta: escribir libros, tanto para adultos como para niños. En el 2000, obtuvo el premio Hans Christian Andersen, y desde 2003 es miembro de la Academia Brasileira das Letras.

Françesc Rovira

Nací en el seno de una familia casi numerosa en Barcelona el 20 de septiembre de 1958. De pequeño, pasaba muchos ratos dibujando. En mi casa había muchos libros y algunas revistas. Lo que más me gustaba era mirar los dibujos, después leía el texto y así me daba cuenta de donde sacaba la idea el dibujante. Poco a poco decidí que yo también quería explicar ideas dibujando. Aprendí el oficio en una empresa de Artes Gráficas. Ahora hace varios años que me dedico a hacer ilustraciones para revistas, juegos y libros infantiles. Trabajo siempre en mi mesa con un gran y sugerente papel en blanco, tinta china, un montón de plumillas, acuarelas, caramelos, la radio y el deseo de tener mucho, mucho espacio para las pequeñas cosas, mi familia, los amigos, las comilonas, largos paseos, risas y un poco de mal humor. En los últimos años recibí algunos premios como el premio Hospital Sant Joan de Deu de ilustración 2003 y el premio CCEI de ilustración 2003 y 2004.

Aquí acaba este libro
escrito, ilustrado, diseñado, editado, impreso
por personas que aman los libros.
Aquí acaba este libro que tú has leído,
el libro que ya eres.